AUF DER SUCHE NACH DEM VOGEL DER ZEIT

Kryll

Szenario: Le Tendre und Loisel
Künstlerische Leitung: Loisel
Zeichnungen: Etien
Farben: Tatti

CARLSEN COMICS

Was bisher geschah

Die Sekte des Ordens des Mals, gänzlich ihrem tödlichen Streben im Dienste des verfluchten Gottes Ramor geweiht, gefährdet mehr denn je das Gleichgewicht im Land der sieben Gefilde. Zahlreiche Prinzen und Erben wurden ausgelöscht und durch treue Anhänger des Kultes von Ramor ersetzt.

Humon, Zauberprinz von Tha, der Stadt der Gefilde der Nebelschleier, führt den Kampf gegen den Orden fort, und verschreibt sich, mit Unterstützung seiner Tochter Mara, mit Leib und Seele der Entschlüsselung des Zauberbuchs der Götter.

Ritter Bragon, begleitet von seinem Schüler Bulrog, mehrt weiter seinen legendären Ruhm. Als sie Raya, Erbin der Gefilde der purpurnen Felsen, heimwärts geleiten sollen, wird diese in einem vom Orden des Mals gelegten Hinterhalt ermordet. Bragon überlebt, hat aber, geschwächt von einem schweren Sturz, das Gedächtnis verloren und sein Geist gerät unter die Kontrolle eines Greises, der der Sekte angehört.

Er erhält den Auftrag, Prinz Humon zu töten. Bulrog, der das Schlimmste befürchtet, begibt sich in Begleitung von Bragons Mutter nach Tha, um Humon und Mara vor der schrecklichen Gefahr zu warnen, die ihnen droht.

Es kommt jedoch zur Auseinandersetzung, und unter dem unheilvollen Einfluss des Ordens tötet Bragon mit bloßen Händen Maras Vater vor deren Augen. Als er infolge der grauenhaften Tat wieder zu Sinnen kommt, wird vor ihm seine Mutter ermordet.

Niedergeschmettert von diesem Drama stürzt er sich mörderischen Herzens in einen Rachefeldzug gegen den Orden des Mals. Er kann auf Bulrogs Hilfe zählen, den er in der Waffenkunst unterweist, so wie er selbst einst von Grauwolf für den Kampf ausgebildet worden war.

DANKSAGUNG

Dank sagen möchte ich vor allem der ganzen Truppe des Ateliers Hexacéphale, als da wären Mehdi Boukhezzer, Fred Vignaux, Elvire de Cock, Merete Jepsen, sowie Phicil für ihre stets gute Laune und ihre zweifelhaften Witze. Vincent Mallié für so manchen feinsinnigen Ratschlag, Damien Bonis für seine Unterstützung bei der Typografie, Blaise Loisel dafür, mir eines der raren Exemplare der Vorzugsausgabe von »Javin« aufgetrieben zu haben, sowie meinem Bruder Cyril für all seine Ermutigungen. Zu guter Letzt Céline dafür, dass sie alle Tage einfach da war.

D. E.

An das Atelier Hexacéphale.
An Fred Vignaux.
An Céline Olive, für ihre unschätzbare Hilfe.
An Thomas und an Ana.

B. T.

CARLSEN COMICS

Aus dem Französischen von Ulrich Pröfrock
LA QUETE DE L´OISEAU DU TEMPS – KRYLL

Redaktion: Ralf Keiser
Lettering: Minou Zaribaf
Herstellung: Bettina Oguamanam

ISBN 978-3-551-73898-1

IM HERZEN DER GEFILDE DER DONNERNDEN ERDE: IR-WEIG, DIE ALTE STADT DER GRAUEN ZIKADIER...
SEIT DEM TOD PRINZ HUMONS IST DIE MACHT DES ORDENS DES MALS GEWACHSEN...
... WIR MÜSSEN UNSERE WACHSAMKEIT VERSTÄRKEN, MEIN SOHN.
AUCH HIER, IN UNSEREM GEFILDE, VERFÜHREN SEINE ABGESANDTEN DIE SCHWÄCHSTEN DER UNSRIGEN UND VERDERBEN SIE.
SIE SÄEN ZWEIFEL AN UNSEREM GLAUBEN, UND WENN WIR UNS NICHT VORSEHEN, WERDEN WIR BALD NICHT MEHR DIE HERREN UNSERES SCHICKSALS SEIN.
ÜBER GENERATIONEN HABEN WIR UNS BEMÜHT, UNSERE IDENTITÄT ZU WAHREN, ES DARF NICHT GESCHEHEN, DASS SIE NUN VERSEUCHT WIRD!
FORT MIT DEN VERDERBERN!!!
VERSCHWINDET!!!
1

VERFLUCHTE TÄTOWIERTE!!
ELENDE BETRÜGER!!
LUMPEN!
WIR WOL-LEN EUCH NICHT!!
GESINDEL!
ICH HABE ANGEORDNET, ALLE ANHÄNGER DER VER-FLUCHTEN SEKTE AUS DER STADT ZU JAGEN.
TOD!
VERFLUCHTE!
HINAUS!
AUCH DIE UNSRIGEN, VATER?
JA, SHAN-TUNG. AUCH DIE UNSRIGEN.

KOMM. FOLGE MIR, SOHN.
NIEMAND DARF UNS DAS SCHNECKENHAUS DES GOTTES RAMOR RAUBEN, HÖRST DU?!
ALLEIN DIE MACHT VON »MUTTER BLITZ« VERSCHAFFT ZUGANG ZU DIESEM SAAL.
ES GEHÖRT UNSEREM VOLK SEIT UNVORSTELLBAREN ZEITEN...
... WIR HABEN ES IMMER BESCHÜTZT.
EIN VORRECHT, ABER AUCH PFLICHT.
DER ORDEN DES MALS IST SEINER NICHT WÜRDIG.
SEINE ANHÄNGER SIND DEGENERIERT, UNREIN.
EINST, WENN ICH NICHT MEHR BIN, WIRST DU, SHAN-TUNG, DEN SEINER FESSELN BERAUBTEN GOTT RAMOR EMPFANGEN.
BIS DAHIN KANNST DU GEGEN UNSERE FEINDE DIE MACHT UNSERER AHNEN NUTZEN.
JA, VATER... »MUTTER BLITZ«...
... ICH WERDE DEINER WÜRDIG SEIN.
3

IRGENDWO AUF DER EBENE DER WINDE...
FÜR PREDIGER HABEN DIE ES SICH GUT GEHEN LASSEN.
DANK DENEN HABEN WIR VORRÄTE FÜR MINDESTENS DREI TAGE.
WIE VIELE SIND ES JETZT, MEISTER?
ZWEIUNDVIERZIG MIT DEN VIEREN HIER.
BEI DEM RHYTHMUS SIND WIR SIE NOCH LANGE NICHT ALLE LOS.
AUCH DIESEN HAST DU KEINE CHANCE GELASSEN.
ICH WILL SIE ALLE AUSROTTEN.
ALLE!
DIES IST MEINE SACHE UND ES KANN DAUERN, SOLANGE ES MAG.
ABER NICHTS ZWINGT DICH, MIR ZU FOLGEN, BULROG.
ICH MÖCHTE NICHT, DASS DIR UNHEIL WIDERFÄHRT.
MIT DIR, WAS SOLL MIR DA GESCHEHEN...?
ICH WILL DEIN SCHÜLER SEIN.
DAS SCHULDEST DU MIR WOHL NACH ALLDEM.
AUF, MEISTER. ICH WARTE AUF DIE ERSTE LEKTION.
4

NA SCHÖN. WIE GRAUWOLF, MEIN MEISTER, ES MICH LEHRTE, BEGINNEN WIR MIT DEM AUSWEICHEN.
SCHLAG ZU UND TU NICHT NUR SO, ALS OB...
YAHO!
ACHTE AUF DEIN GLEICHGEWICHT...
HYAAH!
HAN
... UND DEN ABSTAND!
DEN GEGNER VORAUSSEHEN...
YAAH!
... UND ANGREIFEN!
SCHTAC!
HUNG
SPLASHHH.
MERK DIR DIESE LEKTION. SIE IST DIE WICHTIGSTE.
AU... MEIN HALS... DAS TUT WEH...
UND... UND DIE ZWEITE LEKTION, WAS IST DAS?
SICH NIE BEKLAGEN.
5

AM SITZ DES ORDENS DES MALS...
WIE LANGE NOCH?
SOBALD MEINE RECHTE HAND HIER IST, WÄHLEN WIR DIE BESTEN KRIEGER AUS...
... WIR WERDEN MINDESTENS ZEHN TAGE BENÖTIGEN, ALLE ZU VERSAMMELN, HOHEIT.
DIES IST EINE AUSSERGEWÖHNLICHE MISSION, SIE BIRGT VIELE RISIKEN.
EURE ANZAHLUNG, BITTER.
DER REST, WENN IHR MIT RAMORS SCHNECKENHAUS WIEDERKEHRT.
UND PRINZ MING-TUNG?
ICH VERDOPPLE DIE PRÄMIE, WENN IHR IHN UND SEINEN SOHN BESEITIGT.
UND JETZT GEHT.
M-MHM...
ERSPART MIR EUER GEJAMMER, RATGEBER.
6

HÄTTEN UNSERE MÄNNER DIE MINDESTE CHANCE, IN DIE STADT DER GRAUEN ZIKADIER UND ZURÜCK-ZUGELANGEN, OHNE ABGE-SCHLACHTET ZU WERDEN...
... WÜRDE ICH NICHT DIESE SÖLDNER ANWERBEN...
... DIESE LLIR-KRIEGER.
SEIT DEM TOD VON PRINZ HUMON VERDÜSTERT SICH DER HORIZONT...
UNSERE LAGE ERFORDERT EINEN MACHTVOLLEN SCHLAG!
WENN WIR DAS SCHNECKEN-HAUS RAMORS BESITZEN, ÄNDERT SICH EINIGES.
IN MASSEN WERDEN UNSE-RE GETREUEN IHM HIER HUL-DIGEN.
DIE STADT WIRD EINE PIL-GERSTÄTTE WERDEN.
VIELE FRAGEN NACH DEN UM-STÄNDEN DES TODES VON PRINZ HUMON, HOHEIT.
ICH WEISS NICHT MEHR ALS SIE, ALL DAS IST VORBEI.
WAS NUNMEHR ZÄHLT, IST, DAS PROBLEM BRAGON ZU LÖSEN.
ICH HÖRTE, ER GREIFT UNSERE PRE-DIGER AN.
DAS IST NICHT ZU DULDEN!
AUCH DIESER MANN HAT EINEN SCHWACHPUNKT.
7

*SIEHE BAND 3: »IM BANN DES BÖSEN«

EIN VERFÜHRERISCHER PLAN, RATGEBER...
... DOCH IHR VERGESST: BRAGON IST EIN INTEGRER MANN. IHN ZU VERFÜHREN IST KEINE LEICHTE AUFGABE.
SIE WIRD ÜBERZEUGEND SEIN, AUS GUTEM GRUND...
... SIE HING SEHR AN IHRER ADOPTIVMUTTER...
... UND WIRD SICH RÄCHEN WOLLEN.
EINER MEINER LEUTE NIMMT SIE UNTER SEINE FITTICHE.
ER IST NICHT TÄTOWIERT, SO WIRD ER DEM BLICK UNSERER FEINDE ENTGEHEN.
ICH VERSPRECHE, IHR SOLLT SIE BALD BEKOMMEN, DIE HAUT DIESES VERFLUCHTEN BRAGON.
UND MARA WIRD SO WEITERE VERBÜNDETE VERLIEREN, DAS IST DAS ENDE DES WIDERSTANDS, HOHEIT.
DIE STÄDTE DES LANDES DER SIEBEN GEFILDE WERDEN IHRE TORE ÖFFNEN MÜSSEN.
FLOP
FLAP
FLOP!
FLAP..
WIR WERDEN IHNEN ALLIANZEN AUFZWINGEN UND ALLE SUBVERSIVEN ELEMENTE AUSMERZEN. DER HORIZONT...
... KLART AUF.
9

DIE KARGEN SCHLUCHTEN...
WIE VIELE LEKTIONEN HAT GRAUWOLF DIR ERTEILT?
PFF... SEI MAL STILL, DU NERVST!
KLANG!
BING
?
BONG!
WAS IST DAS FÜR EIN GE-SCHEPPER?
BING
?
?!
KLING
BLING
GLONG BLONG
ICH WARNE EUCH, JUNGS, WENN IHR DIE BRÜCKE DA UNTEN ÜBER-QUEREN WOLLT, WIRD DAS TEUER!
KÖ
GLONG
CLANG
KLONG
WIE MEINT IHR DAS?
NUN, ENTWEDER DU ZAHLST, ODER DU WIRST VON DEM PREDIGER-GESINDEL GEZEICHNET!
WIE VIELE SIND SIE?
DREI.
BONG!
BONG
KLING
DREIEINHALB... EINER IST FETT WIE EIN MAST-SCHWEIN.
VIELLEICHT EINE GELEGENHEIT FÜR DIE PRAKTISCHE ANWENDUNG DEINER ÜBUNGEN.
GLAUBST DU, SIE WERDEN KÄMPFEN?
KEINE AHNUNG, ABER ICH WÜRD'S GERN ERLEBEN.
ÄHM... DREI, IMMER-HIN...
10

ACH, ELEND! WENN DAS SO WEITERGEHT, WERDEN WIR HEUTE NICHT VIELE EINSPANNEN.
TROTZDEM KEINE VERLORENE ZEIT, BRUDER. IMMERHIN 'NE SCHÖNE EINNAHME.
OH, OH! KUNDSCHAFT! HALTET EUCH BEREIT!
DIES IST EUER GLÜCKSTAG, FREUNDE!
SICHER HABT IHR SCHON VOM ORDEN DES MALS GEHÖRT...
... NUN, GENAU DAFÜR SIND WIR HIER, DASS IHR IHN ETWAS BESSER KENNENLERNT.
ALLE, DIE SICH UNSERER GROSSEN FAMILIE ANSCHLIESSEN, DÜRFEN UNSEREM GOTT RAMOR DIENEN.
DAZU BEDARF ES NUR EINER FORMSACHE: BRUDER LASKAR RITZT EUCH DAS ZEICHEN DES ORDENS IN DIE HAUT!
ES KITZELT EIN WENIG, ABER ICH MACHE ES ORDENTLICH, HÄHÄ.
UND WENN UNS NICHT DANACH IST, EUREM ORDEN BEIZUTRETEN? WAS DANN?
NUN, WENN IHR WEITERWOLLT, SPENDET IHR FÜR UNSERE SACHE... ODER IHR KEHRT UM.
ZWEI GOLDSTÜCKE PRO KOPF UND JE ZWEI FÜR DIE TIERE.
DU BIST DRAN, BULROG. ICH BLEIBE HINTER DIR.
11

ES GIBT NOCH EINE LÖSUNG, ALTER FETTSACK!
IHR LASST UNS DURCH, UND WIR LASSEN EUCH LEBEN!
UH UH!!
ALSO?
HAHAHA!! DER WAR JA MAL NICHT SCHLECHT!!
KLAT
ICH MACH'S GANZ GUT, ODER?
DU VERGISST ETWAS...
NIE DEN GEGNER AUS DEN AUGEN LASSEN!
UND DU, WILLST DU AUCH?
BEWEG DICH, DICKERCHEN, UND DU BIST TOT.
OHO! WIE GE-MEIN!!
12

UH...
H..H.H...
BLEUARG!!
TCHACK!
WOAHO!!..
HÖR AUF... GN...GNADE...
HAB ICH NICHT MEHR FÜR SOLCHE WIE EUCH.
13

SAG DEINER SEKTE, SOLANGE ICH LEBE, GIBT ES KEINE SCHONUNG!
W...WER BIST DU?
SIE KENNEN MICH! ICH BIN BRAGON! DER RITTER BRAGON!
PLOUF!
DER RITTER BRAGON!?
KOMM, BULROG, ZIEHEN WIR WEITER.
UND PASS AUF, WO DU HINTRITTST...
BÖRKS.
... GEDÄRM IST GLITSCHIG.
14

HEEHOOO!! WARTET!! WARTET!!
?
LASST UNS MIT EUCH KOMMEN!
BLING
BONG
KLANG
WIR HASSEN DIESE MISTKERLE AUCH!
WIR WOLLEN EUCH GEGEN DIE HELFEN!!
WIR KÖNNEN KÄMPFEN!
WOMIT? MIT EUREN BLECHNÄPFEN?
DIE HÖRT MAN JA SCHON VON WEITEM!
BLING
BANG
KLONG
NUN, WIR SIND KEINE CHAMPIONS WIE IHR, ABER WIR KÖNNEN NÜTZLICH SEIN...
WOBEI?
BLING
KLANG
BITTE... FÜR UNS IST DAS DOCH ERNST...
WIR TUN ALLES, WAS IHR WOLLT... KOCHEN...
IHR WERDET HILFE BRAUCHEN... VIEL HILFE...
WIR VERSORGEN EURE TIERE...
HMNAJA... ALLERDINGS MÜSST IHR EUCH DANN ENTSCHEIDEN, JUNGS...
UND DU BIST WIRKLICH BRAGON... RITTER BRAGON?
JA, UND ICH BIN BULROG, SEIN SCHÜLER.
15

IM HERZEN DER GEFILDE DER NEBELSCHLEIER: THA, DIE STADT DER PALFANGIER...
FALLS ES WIEDER UM DIESE ALLIANZ GEHT, COUSIN, HÄTTEST DU NICHT ZU KOMMEN BRAUCHEN.
ABER MARA, IHR WISST WIE ICH, WIR MÜSSEN ANGESICHTS DIESER BEDROHUNG EINIGER SEIN DENN JE.
ICH WEISS, ABER MUSS DAS DENN ÜBER EINE HEIRAT GESCHEHEN?
DENKT AN SPÄTER, MEINE LIEBE.
IHR BRAUCHT EINEN ERBEN FÜR EUER GEFILDE, UND UNSERE VÄTER HABEN DAS BESPROCHEN.
SIE WÜNSCHTEN DIESE ALLIANZ UNSER BEIDER VÖLKER.
MAG SEIN, BODIAS, ABER NUN LIEGEN DIE DINGE ANDERS. MEIN VATER IST TOT.
?
JA, DURCH DIE SCHULD DIESES ROHLINGS.
BRAGON WAR NICHT VERANTWORTLICH FÜR SEINE TATEN, DAS WISST IHR!
IHR ENTSCHULDIGT IHN WIEDER. SEID IHR ETWA IMMER NOCH VERLIEBT, COUSINE?
16

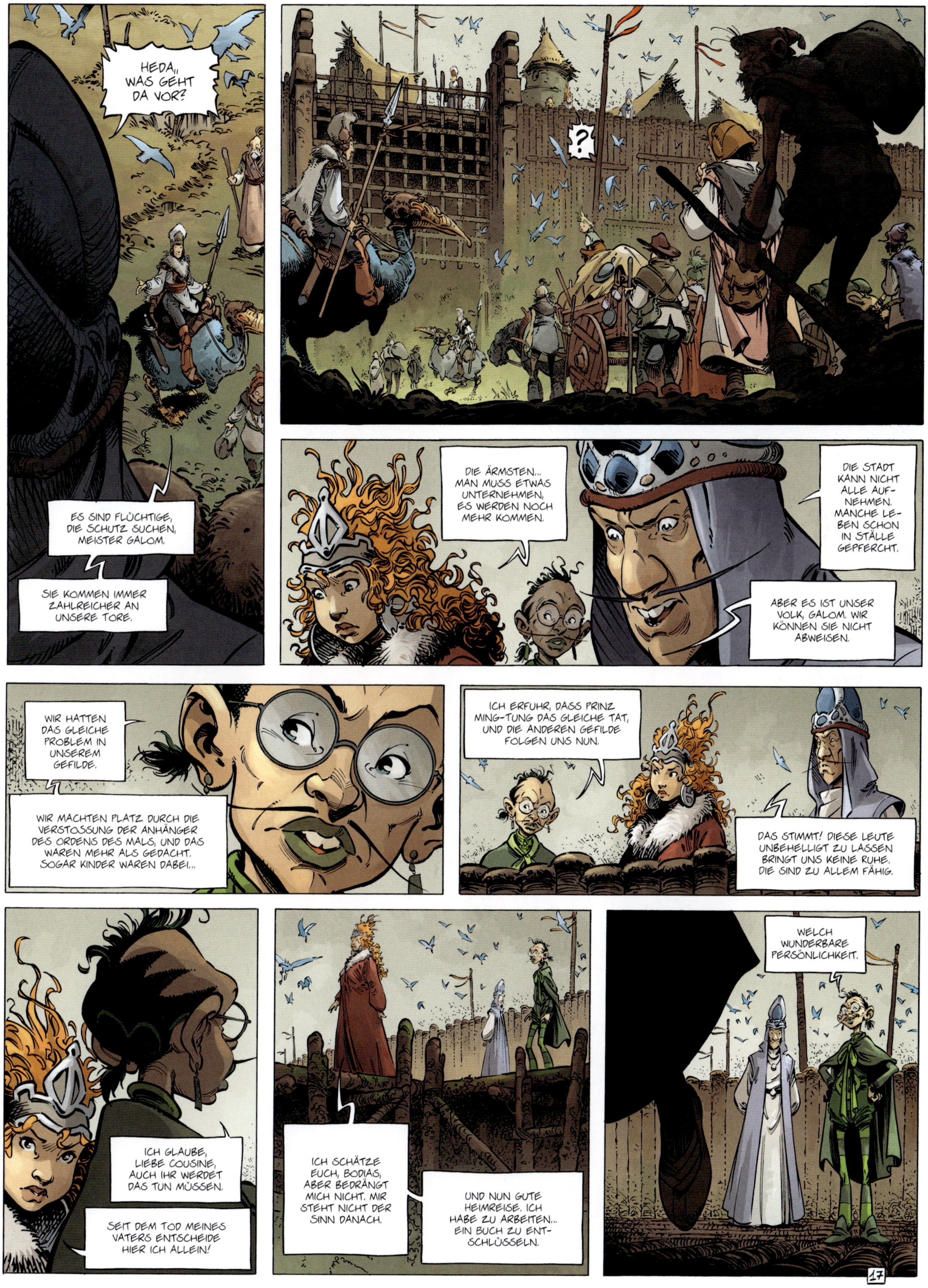
HEDA, WAS GEHT DA VOR?
ES SIND FLÜCHTIGE, DIE SCHUTZ SUCHEN, MEISTER GALOM.
SIE KOMMEN IMMER ZAHLREICHER AN UNSERE TORE.
?
DIE ÄRMSTEN... MAN MUSS ETWAS UNTERNEHMEN, ES WERDEN NOCH MEHR KOMMEN.
DIE STADT KANN NICHT ALLE AUFNEHMEN. MANCHE LEBEN SCHON IN STÄLLE GEPFERCHT.
ABER ES IST UNSER VOLK, GALOM. WIR KÖNNEN SIE NICHT ABWEISEN.
WIR HATTEN DAS GLEICHE PROBLEM IN UNSEREM GEFILDE.
WIR MACHTEN PLATZ DURCH DIE VERSTOSSUNG DER ANHÄNGER DES ORDENS DES MALS, UND DAS WAREN MEHR ALS GEDACHT. SOGAR KINDER WAREN DABEI...
ICH ERFUHR, DASS PRINZ MING-TUNG DAS GLEICHE TAT, UND DIE ANDEREN GEFILDE FOLGEN UNS NUN.
DAS STIMMT! DIESE LEUTE UNBEHELLIGT ZU LASSEN BRINGT UNS KEINE RUHE. DIE SIND ZU ALLEM FÄHIG.
ICH GLAUBE, LIEBE COUSINE, AUCH IHR WERDET DAS TUN MÜSSEN.
SEIT DEM TOD MEINES VATERS ENTSCHEIDE HIER ICH ALLEIN!
ICH SCHÄTZE EUCH, BODIAS, ABER BEDRÄNGT MICH NICHT. MIR STEHT NICHT DER SINN DANACH.
UND NUN GUTE HEIMREISE. ICH HABE ZU ARBEITEN... EIN BUCH ZU ENTSCHLÜSSELN.
WELCH WUNDERBARE PERSÖNLICHKEIT.
17

IM LAUFE DER TAGE LOCKTE DER RUF RITTER BRAGONS NEUE REKRUTEN AN...
DU, NEULING, KLAPPE HALTEN!
R..RUHT IHR DENN NIEMALS?
... UND DEN PREDIGERN DES ORDENS DES MALS BEKAM ES NICHT, IHREN WEG ZU KREUZEN.
HE, VERGESST NICHT, EINEN AM LEBEN ZU LASSEN!
TCHAC!
TCHAC!!
HAST DU VERSTANDEN?!
BRA-GON!
DER RITTER BRAGON!
SAG ES ALL DEINEN BRÜDERN!!
BEINAHE JEDEN ABEND GAB ES EINEN SIEG ZU FEIERN... EINEN NEUZUGANG...
JEDEN MORGEN VERFLUCHTE MAN DIE KÄLTE... ODER DEN SCHLAMM...
SEHT DOCH, DAHINTEN! DORT SETZEN WIR ÜBER, ICH KENNE DIE GEGEND.
18

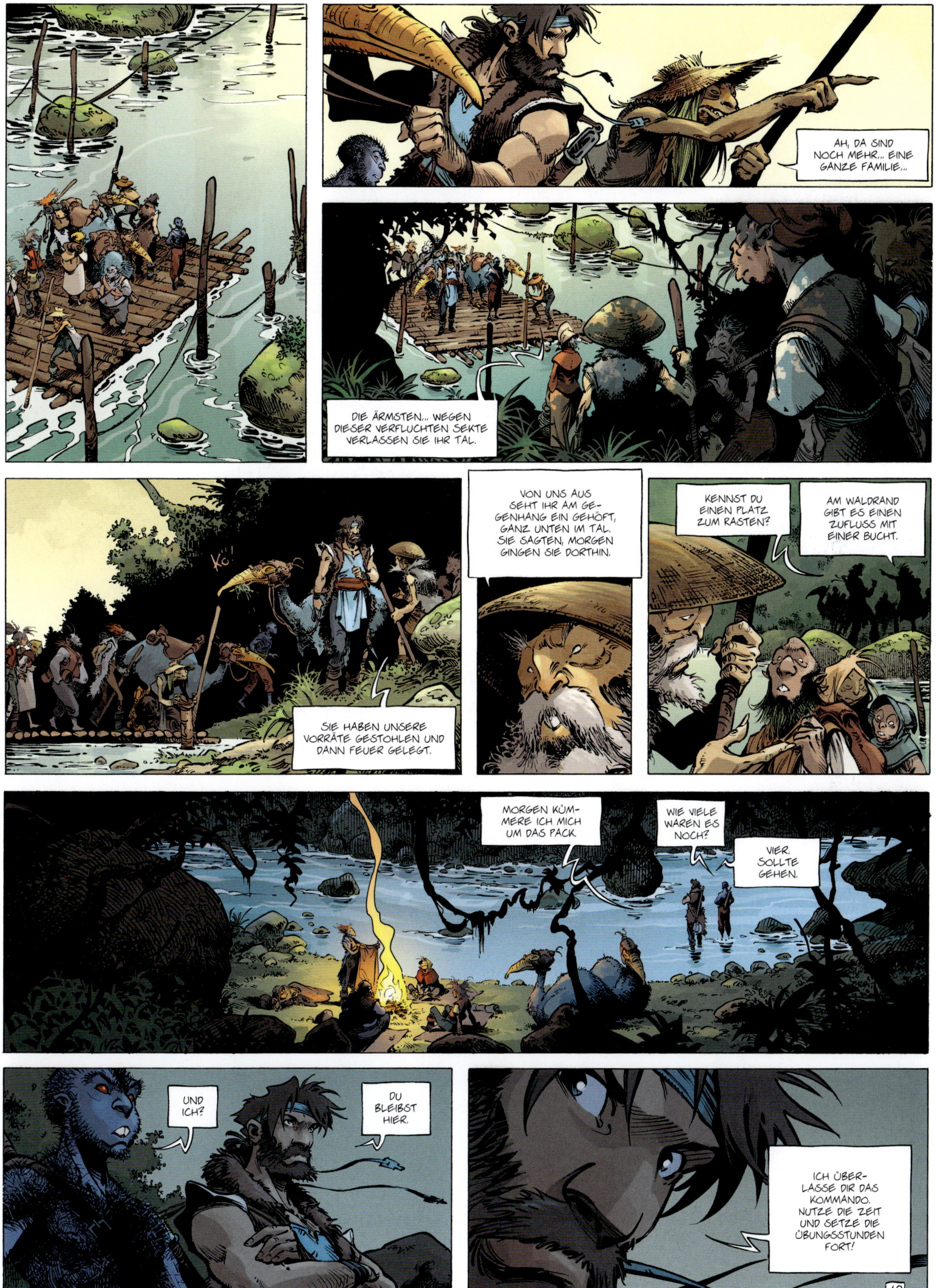

AH, DA SIND NOCH MEHR... EINE GANZE FAMILIE...
DIE ÄRMSTEN... WEGEN DIESER VERFLUCHTEN SEKTE VERLASSEN SIE IHR TAL.
KÖ!
SIE HABEN UNSERE VORRÄTE GESTOHLEN UND DANN FEUER GELEGT.
VON UNS AUS SEHT IHR AM GEGENHANG EIN GEHÖFT, GANZ UNTEN IM TAL. SIE SAGTEN, MORGEN GINGEN SIE DORTHIN.
KENNST DU EINEN PLATZ ZUM RASTEN?
AM WALDRAND GIBT ES EINEN ZUFLUSS MIT EINER BUCHT.
MORGEN KÜMMERE ICH MICH UM DAS PACK.
WIE VIELE WAREN ES NOCH?
VIER. SOLLTE GEHEN.
UND ICH?
DU BLEIBST HIER.
ICH ÜBERLASSE DIR DAS KOMMANDO. NUTZE DIE ZEIT UND SETZE DIE ÜBUNGSSTUNDEN FORT!
19

ANDERENTAGS...
?
BRAAA...
KLING
KLANG
PAPA, SCHAU, DA KOMMT WER.
?
HEUTE IST DEIN GLÜCKSTAG, SCHMIED.
UND IHR, WER SEID IHR?
SICHER HAST DU SCHON VOM ORDEN DES MALS GEHÖRT.
NUN, WIR SIND HIER, DAMIT DU IHN EIN WENIG BESSER KENNENLERNST.
KEINER, DER SICH BEKEHRT HAT, HAT ES BEDAUERT...
LANGSAM! ICH HABE KEINE AHNUNG, WOVON IHR REDET.
IN DER SONNWENDNACHT, WENN GOTT RAMOR ZURÜCKKEHRT, WIRD ER ALL SEINE GETREUEN MIT WOHLTATEN BEDENKEN.
KOMM ZU UNS, UND DU WIRST BELOHNT.
20

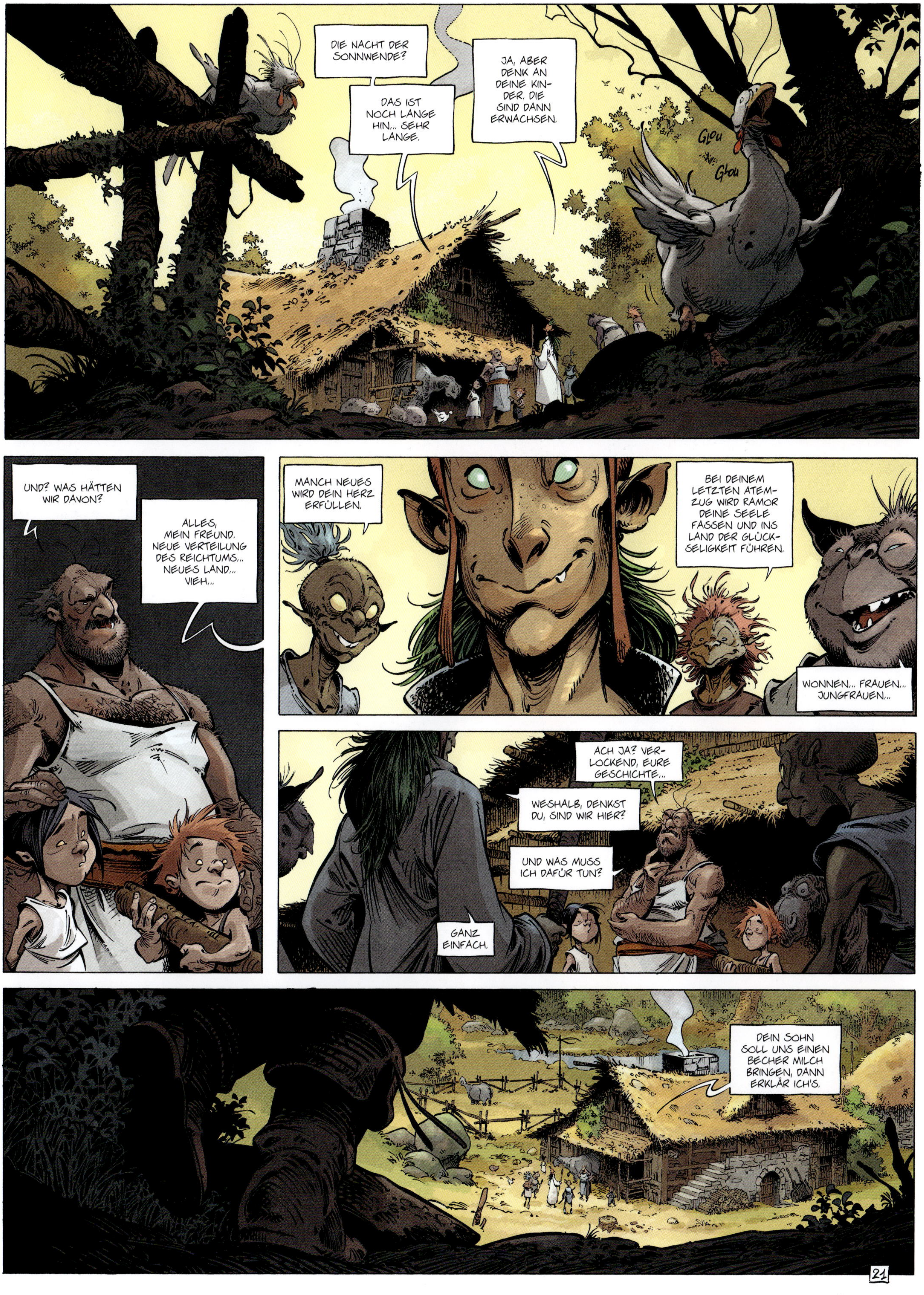
DIE NACHT DER SONNWENDE?
DAS IST NOCH LANGE HIN... SEHR LANGE.
JA, ABER DENK AN DEINE KINDER. DIE SIND DANN ERWACHSEN.
GLOU
GLOU
UND? WAS HÄTTEN WIR DAVON?
ALLES, MEIN FREUND. NEUE VERTEILUNG DES REICHTUMS... NEUES LAND... VIEH...
MANCH NEUES WIRD DEIN HERZ ERFÜLLEN.
BEI DEINEM LETZTEN ATEMZUG WIRD RAMOR DEINE SEELE FASSEN UND INS LAND DER GLÜCKSELIGKEIT FÜHREN.
WONNEN... FRAUEN... JUNGFRAUEN...
ACH JA? VERLOCKEND, EURE GESCHICHTE...
WESHALB, DENKST DU, SIND WIR HIER?
UND WAS MUSS ICH DAFÜR TUN?
GANZ EINFACH.
DEIN SOHN SOLL UNS EINEN BECHER MILCH BRINGEN, DANN ERKLÄR ICH'S.
21

WER IST DAS, PAPA?
?
?
ICH HEISSE BRAGON.
BRAGON!!
DER RITTER BRAGON!!!
DER DIE PREDIGER TÖTET!
VORSICHT
HAAAA!!
N.NEIN
ARHHH..
AUTSCH
HUGL..
SCHLA
AUUU!
VERFLUCHT..
HÜRK..
DASS RAMOR DICH
FUSCHHH!!!

SO, DIE SEID IHR NUN LOS.
ABER... ICH VERSTEHE NICHT. ICH SAGE DOCH, DIE WOLLTEN UNS NICHTS BÖSES.
NEIN, NICHT WENN IHRE SCHÖNEN WORTE EUCH VERFÜHRT HABEN.
EINER EURER NACHBARN WOLLTE ABER IHR SPIEL NICHT MITSPIELEN.
SIE HABEN DEN HOF ANGEZÜNDET UND DAS VIEH GESCHLACHTET. ER MUSSTE FLIEHEN.
DAS WUSSTE ICH NICHT... BRAGON, SAGTET IHR, IST EUER NAME?
DAS IST RITTER BRAGON, PAPA!
ALLERDINGS. ICH BEKÄMPFE ALL DIE FANATIKER VOM ORDEN DES MALS.
UND WORAN ERKENNT MAN DIE?
GANZ EINFACH, SIE TRAGEN ALLE DIESE TÄTOWIERUNG.
ERZÄHLT ES EUREN NACHBARN... IM WEILER...
WENN ANDERE KOMMEN, MEIDET SIE. SEID AUF DER HUT!
23

CHTTÖ!
JETZT DU, ICH HÖRE.
WOAH, DAS TUT WEH!
ÄH,.. SICH NICHT VOM GEGNER BEEINDRUCKEN LASSEN,..
JA, UND DANN, WIE WEITER?
ALS ERSTER ANGREIFEN!!!
RHAAA
NICHT ÜBEL, JA, ABER,..
AAH!!
SCHLAF!!
AUF DEN GEGENANGRIFF ACHTEN!!
WUAAH. DAS TUT WEH!!
TJA JAH..
DER NÄCHSTE.
EUH..
CHTAC
24

NICHT ÜBEL. DU MACHST FORTSCHRITTE.
SCHNELLIGKEIT... GESCHMEIDIGKEIT... UND VOR ALLEM...
... AUFMERKSAMKEIT.
?
AUTSCH!
SEHT IHR'S? HILFT, DER UNTERRICHT!
WER SIND DIE ZWEI?
?
WER VON EUCH IST BRAGON?
25

DER IST ANDERWEITIG BESCHÄFTIGT. ICH HABE HIER DAS KOMMANDO.
ZIEMLICH JUNG FÜR SO EINEN POSTEN, HM? WER BIST DU?
BULROG, SEIN SCHÜLER. UND WER SEID IHR?
ICH BIN PASSIN.
UND SIE BEGLEITET MICH.
WAS WOLLT IHR DENN VON BRAGON?
UNS IN SEINEN DIENST STELLEN UND ZU EUCH STOSSEN.
?
HOLLA, SCHÖN LANGSAM!
WER SAGT UNS, DASS IHR KEINE SPIONE VOM ORDEN DES MALS SEID?
UND WER UNS, DASS IHR WIRKLICH DIE SCHÜLER BRAGONS SEID, DU UND DIE ANDEREN?
OH, SCHAUT MAL, WIE SÜSS DER IST!
?!
26

EIN KLEINER TRNULGUS!
Piii..
DAS ERSTE MAL, DASS ICH EINEN SEHE.
DANN IST DIE MUTTER NICHT WEIT.
Pii
GLAUBT IHR, DAS VIEH KANN MAN ESSEN?
GROOAARRR
!?
Pii
Piii
SCHLAF
GROO
OAARGR
27

AGGRRR R !!!
PACK !!!
RHAAA AAA
HHHAAA
!!
STÜB!
BRRAAAAHH!!
HELFT UNS, IHN DA RAUSZUHOLEN!!
28

CRÖ!
!
?
BRAGON!
BRAAAAA!!!
VORSICHT!!
SPLACH!!!
Pi
Pi
DANN ERZÄHL MAL!
NA JA... WIR HABEN GEÜBT... DA SIND DIESE ZWEI GEKOMMEN...
SCHPOC!!
... DER TRINULGUS... SO HALT...
STELLST DU MICH VOR?
29

ICH HEISSE KRYLL.
ICH BIN BRAGON.
DACHTE ICH MIR SCHON.
UND WER IST DAS?
PASSIN, WIR SIND WEGGEFÄHRTEN...
SIE WOLLEN SICH UNS ANSCHLIESSEN.
WAS SAGST DU DAZU?
IN DREI TAGEN GEHT'S DIR BESSER, WIRST SEHEN.
DU KANNST VERLETZUNGEN BEHANDELN?
JA. SO EINIGERMASSEN.
SCHRIF!
?
DU GESTATTEST?
30

WEDER VORN...
GLP...
... NOCH HINTEN.
SIEHST DU...
... ICH HABE AUCH KEINE TÄTOWIERUNGEN.
NA SCHÖN. ICH DENKE, IHR SEID GUTE NEUZUGÄNGE.
DU BIST MUTIG, UND DEIN GEFÄHRTE WIRD UNS HELFEN MIT SEINEN KRÄUTERN UND SALBEN.
DANKE, BRAGON. WIR WERDEN DICH NICHT ENTTÄUSCHEN.
Pi Pii Pii
WAR GAR NICHT SO LEICHT, EUCH ZU FINDEN.
BRAGON, WAS MACHEN WIR MIT DEM TRNULGUS?
IHN ESSEN?
HIERLASSEN, UND WIR ZIEHEN AB.
WENN MEHR DAVON IN DER NÄHE SIND, KREUZEN DIE BALD AUF BEI DEM LÄRM, DEN ER MACHT.
WOHIN GEHT'S?
Pii Pii Pii Pii
ERST ZUR FURT... NACH EINEM TAGESMARSCH KOMMT EINE SIEDLUNG... DORT GIBT'S ECHTE WAFFEN...
31

NACH EINEM TAGESMARSCH GELANGTEN SIE ZUR HOCHEBENE DER AZURNEN PFORTEN...
SEHT, DAS SIND SIE, DIE BERÜHMTEN PFORTEN.
MAN SAGT, ES SEIEN HEILIGTÜMER GEWESEN.
ICH VERSTEHE, BRAGON, ABER ICH FRAGE MICH, OB ES SINNVOLL IST, DIE FANATIKER NUR BEI ZUFÄLLIGEN BEGEGNUNGEN ZU BEKÄMPFEN.
AUSSERDEM KANN DAS SEHR, SEHR LANGE DAUERN.
ICH HABE VIEL ZEIT.
ALS ICH ERFUHR, DASS DER ORDEN EINE ART GLAUBENSSCHULEN GRÜNDET, WO KINDER ERZOGEN WERDEN BLIND SEINER SACHE ZU DIENEN, BEGRIFF ICH, DASS ICH ALLEIN NICHTS TUN KONNTE.
UND DESHALB HAST DU DICH UNS ANGESCHLOSSEN.
UND KRYLL?
DAS IST EINE LANGE GESCHICHTE...
ALSO, VORHIN HAST DU MICH WIRKLICH BEEINDRUCKT.
DU MEINST DEN KAMPF MIT DEM TRIVULGUS?
ÄH... SICHERLICH! WAS DACHTEST DU?
WIR LAGERN HIER. MORGEN VERSUCHEN WIR, IN DER SIEDLUNG MEHR ÜBER DIESE SCHULEN ZU ERFAHREN.
32

ES IST ALLES GUT. KEINE ENTZÜNDUNG.
HE, BULROG, KOMM, ESSEN IST FERTIG!
WAS STEHT ER DENN SO STEIF DA RUM?
PINKELT ER?
WAS IST NUR LOS MIT MIR...
... WAS SOLL DAS ALLES?
ICH WEISS AUCH NICHT, A...ABER MIR...
... IST GANZ SELTSAM...
PASSIN HAT MIR DEINE GESCHICHTE ERZÄHLT...
... DASS DEIN VATER DER SEKTE ANGEHÖRT UND DU VON IHM WEG BIST...
UND AUCH, DASS MEINE MUTTER VON EINEM VON DENEN ABGESCHLACHTET WURDE?
AH, NUN VERSTEHE ICH, WARUM DU MIT PASSIN ZU UNS KOMMEN WOLLTEST.
ICH DENKE, ES IST GUT FÜR UNS, DASS DU ZUR GRUPPE GEHÖRST.
ICH... WERDE JETZT GEHEN.
BRAGON...
DANKE FÜR ALLES...
33

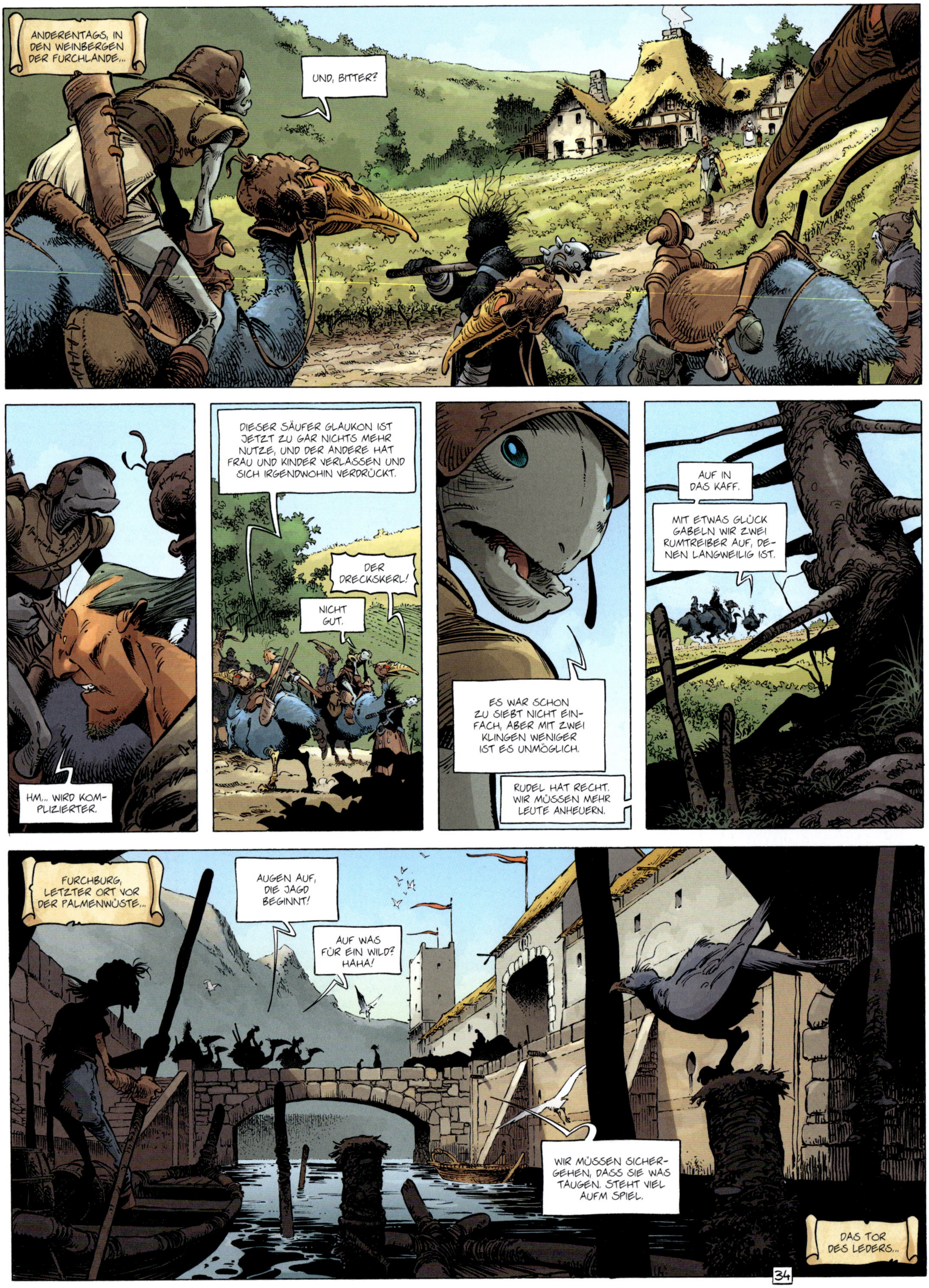
ANDERENTAGS, IN DEN WEINBERGEN DER FURCHLANDE...
UND, BITTER?
HM... WIRD KOMPLIZIERTER.
DIESER SÄUFER GLAUKON IST JETZT ZU GAR NICHTS MEHR NUTZE, UND DER ANDERE HAT FRAU UND KINDER VERLASSEN UND SICH IRGENDWOHIN VERDRÜCKT.
DER DRECKSKERL!
NICHT GUT.
ES WAR SCHON ZU SIEBT NICHT EINFACH, ABER MIT ZWEI KLINGEN WENIGER IST ES UNMÖGLICH.
RUDEL HAT RECHT. WIR MÜSSEN MEHR LEUTE ANHEUERN.
AUF IN DAS KAFF.
MIT ETWAS GLÜCK GABELN WIR ZWEI RUMTREIBER AUF, DENEN LANGWEILIG IST.
FURCHBURG, LETZTER ORT VOR DER PALMENWÜSTE...
AUGEN AUF, DIE JAGD BEGINNT!
AUF WAS FÜR EIN WILD? HAHA!
WIR MÜSSEN SICHERGEHEN, DASS SIE WAS TAUGEN. STEHT VIEL AUFM SPIEL.
DAS TOR DES LEDERS...
34

… DAS TOR DER BLÜTEN.
HE, REISENDE, HIER IN DEN STALL! KEINE REITTIERE IN DER STADT! VORSCHRIFT!
BETET!
?
HIER AUCH!
BETET, BETET WEITER UM VERGEBUNG!!
O RAMOR, ALLMÄCHTIGER GOTT, GIESSE DEINE WEISHEIT ÜBER UNS AUS!!
SCHENKE UNS DEIN WISSEN, DEINE GÜTE!
ÜBERHÄUFE UNS MIT REICHTUM, HEILE UNSERE KRANKEN UND SIECHEN!!
ERLÖSE UNS VOM ELEND UND DEN UNWISSENDEN!
BULROG, MISCH DICH UNTERS VOLK UND HAB EIN AUGE AUF DIE BURSCHEN!
35

IHR ZWEI, DA ENTLANG!
DU UND DU, NACH DORT! PASSIN, KRYLL, BLEIBT BEI EURER GRUPPE UND GEHT HIER LANG!
DENKT DARAN: SO VIEL INFORMATIONEN WIE MÖGLICH, ABER VOR ALLEM DISKRETION.
ICH KOMME MIT DIR.
BETET
BETET
BETET
WIE DU WILLST.
IMMER DAS GLEICHE GESCHWAFEL.
BETET!!
BETET!!
BRAGON!!
?!
TAUSEND TEUFEL!!
36

KOMM MIT!
?
BRAGON! DU BIST ES WIRKLICH!!
SLAVON!! HA! HA!!
HAB DICH TROTZ DEINES BARTS ERKANNT, HAHA!!
WAS HAST DU DENN HIER VERLOREN, ALTER GAUNER?
NA, HAST IHN WOHL GEFUNDEN, DEINEN GRAUWOLF?
UND BIST ENDLICH RITTER!!
UND DU HAST DEIN DORF VERLASSEN?
MIR WAR LANGWEILIG!
KONNTE KEINEN MEHR AUSNEHMEN, HAHA!!
FLIEHST WOHL EHER WIEDER VOR DEN GLÄUBIGERN, HAHA!!
UND DEINE LIEBE ZU DER SCHÖNEN MARA?
WANN IST DENN HOCHZEIT?
WIR BRAUCHEN FRISCHES BLUT...
EINE NEUE GARDE FÜR DIE ZUKUNFT UNSERER BEWEGUNG...
DER ORDEN VOM MAL!
RED DU NUR! DIE KENNEN WIR, DEINE UNSELIGE SEKTE!
?
37

WIR WOLLEN EUREN BLÖDSINN NICHT!!
RECHT HAT ER! HAUT AB MIT EUREM RAMOR!!
LASST IHN REDEN, IHR IDIOTEN!
FORT, IHR UNGLÄUBIGEN!
SCHWEIGEN SOLLEN SIE.
NIMM DAS, ABSCHAUM!!
GESINDEL!!
BAF
ORDNUNG BRAUCHEN WIR!!
WER NICHT FÜR UNS IST, IST GEGEN UNS, BRÜDER!! DAS IST DAS GESETZ, UND DAS VERHÖHNT MAN NICHT!
STECK DIR DEIN GESETZ SONST WOHIN!
BIF
CHTO!
BRAGON, ICH GLAUBE, DRÜBEN BEI BULROG GIBT'S ÄRGER!
CHBA!
DU, HALT'S MAUL!!
HAST DU GEHÖRT?!
UND WER JETZT!
OHO, EINE PRÜGELEI UNTER GRÜNSCHNÄBELN!
AUTSCH!
KOMMT NUR, DAS WIRD EIN SPASS!
BAF!
38

SO, ES REICHT...
HAUT AB!
PLATZ DA!
?
SPÖ!
ICH MACH DICH FE...
TÜB!!
NICHT ÜBEL, DER KLEINE.
SCHNELL, EFFIZIENT, DEN KÖNNTEN WIR GEBRAUCHEN...
A...ABER... LOSLASSEN... IHR...
KOMM ZURÜCK! DU KRIEGST AUCH NOCH MEINEN SEGEN!!
HA HA!!
HA HA!!
HA HA!!
HA HA!!
TJA, DAS WAR'S DANN WOHL MIT DER DISKRETION... SLAVON, KRYLL, GEHEN WIR HIN!
39

BEEINDRUCKEND, JUNGE! DENEN HAST DU'S GEZEIGT.
?
AUS DIR KÖNNTE WAS WERDEN...
MÖCHTEST DU MIT UNS KOMMEN? WIR BRAUCHEN SOLCHE WIE DICH.
GUT BEZAHLT...
UND WER SEID IHR? AUCH ADEPTEN?
KEINE SORGE, FÜR DIESE MARIONETTEN ARBEITEN WIR NICHT.
WIR BIETEN DIR EIN ABENTEUERLICHES LEBEN, WO DU DEIN TALENT EINSETZEN KANNST...
JA, GUT BEZAHLT...
BULROG, WAS WAR HIER LOS?
HAST DU GESEHEN, BRAGON? ICH HABE ETWAS TRAINIERT!
BRAGON?
JA, MEIN MEISTER.
DER RITTER BRAGON?!
40

MEIN STIL HAT IHNEN GEFALLEN. ICH SOLL MICH IHNEN ANSCHLIESSEN! UND SIE BEZAHLEN GUT.
BRAGON, WELCH EINE EHRE FÜR UNS LLIR-KRIEGER, DU BIST EIN CHAMPION.
LLIR-KRIEGER... SÖLDNER, WILLST DU DAMIT SAGEN.
WOZU SOLCH EIN AUSDRUCK. WIR ÜBERNEHMEN LEDIGLICH UNSCHÖNE AUFGABEN, DENEN ANDERE SICH VERWEIGERN.
UND DAFÜR WERDET IHR BEZAHLT, ODER?
WIE FÜR JEDE ANDERE ARBEIT AUCH. ICH MÖCHTE DIR WAS VORSCHLAGEN.
WOHL ENTLOHNT, GENUG, UM VIELE DEINER FREUNDE ZU BEWAFFNEN.
ICH WEISS VON DEM KAMPF, DEN DU GEGEN DEN ORDEN FÜHRST...
WORUM GEHT ES?
EIN KLEINER AUFTRAG... IN UNGASTLICHEN LANDEN... EINE MUSCHEL VON GROSSEM WERT BESORGEN...
VERSTEHE, SO ETWAS WIE EIN SCHNECKENHAUS.
UND EBEN DAFÜR FEHLEN MIR NOCH GENAU ZWEI MÄNNER.
TREFFEN WIR UNS MORGEN FRÜH AM TURM DES NORDWALLS, WENN ES DIR ZUSAGT.
ES GIBT WINDSTÜRMER FÜR DICH UND DEINEN SCHÜLER.
41

NACH EINER NACHT DER GESPRÄCHE ...
... UND ANGEMESSENER BEZAHLUNG FÜR KOST UND LOGIS BIS ZU SEINER RÜCKKEHR ...
... HATTE BRAGON BESCHLOSSEN, SEINE GEFÄHRTEN DER OBHUT SLAVONS ANZUVERTRAUEN ...
... KRYLL WOLLTE UNBEDINGT MITKOMMEN. BRAGON LEHNTE AB.
DA ES UM DAS SCHNECKENHAUS RAMORS GING, AHNTE BRAGON, DASS DER ORDEN DAHINTERSTECKTE ...
ER KONNTE NICHT ZULASSEN, DASS DIESE TAT BEGANGEN WÜRDE.
DOCH WUSSTEN AUCH DIE LLIR-KRIEGER, DASS DER RITTER SIE ZU GEGEBENER ZEIT NICHT GEWÄHREN LIESSE.
MAN MUSSTE AUF DER HUT SEIN.
EIN VERTRACKTES SPIEL.
JEDER LAUERTE AUF EINEN FEHLER DES ANDEREN.
42

?!
WAS IST DA LOS?
WAS HABT IHR HIER ZU SU-CHEN?!!
!?
WER SEID IHR?!
RUNTER AUF DEN BODEN!
DICH KENNE ICH DOCH! WAS WILLST DU HIER?
SIE GEHÖRT ZU UNS.
?
SCHLUSS, HÖRST DU? SIE GEHÖREN ZU UNS!!
WAS HABT IHR ZWEI HIER VER-LOREN?
ES IST FURCHTBAR... SIE SIND TOT... ALLE TOT!
?
SLAVON HAT UNS VERRA-TEN!
43

SLAVON... VERRAT...?! WAS REDEST DU DA?
ER HAT UNS VERKAUFT. ALS IHR FORT WART, KAMEN DIE MÖRDER DER SEKTE, UM UNS IM SCHLAF ABZUSCHLACHTEN...
PASSIN UND ICH SIND NUR KNAPP ENTKOMMEN.
HATTE SCHON SO EIN GEFÜHL BEI SLAVON. SPIELER MIT SCHULDEN, DAS ENDET NIE GUT.
NEIN... NICHT SLAVON... ICH KENNE IHN, DAS HÄTTE ER NIEMALS GETAN... NICHT FÜR GELD...
WAS MACHEN WIR MIT DEN BEIDEN?
WIR SIND FÜR GELD ZU ALLEM BEREIT.
SIE KOMMEN MIT UNS, BITTER.
BBRRHAAA
KEINESFALLS!
SCHPLA!!
SO, DAS WÄR'S.
WENN DAS SO IST, BIN ICH AUCH RAUS.
44

NACH VIELEM HIN UND HER AKZEPTIERTEN DIE LLIR-KRIEGER BRAGONS BEDINGUNG.
DER NORDWIND VERSPRACH EINEN ANSTRENGENDEN TAG.
UNMÖGLICH... ICH KANN DAS NICHT GLAUBEN... NICHT ER...
ER VERRÄT SEINE FREUNDE NICHT...
BRAGON...
?
MIR... MIR IST... SO KALT...
?
DAS GEFÄLLT MIR NICHT. IRGENDWAS STIMMT NICHT MIT DEN BEIDEN. DAS IST KEIN ZUFALL...
RR... RRR... RRR...
GUT, KRYLL, DU ZÄHMST IHN DIR, GUT...
45

WENIG WURDE SEIT DEM MORGENGRAUEN GESPROCHEN...
... MISSTRAUEN HATTE SICH BREITGEMACHT.
ENDLICH, DAS GEFILDE DER DONNERNDEN ERDE...
... DIE STADT DER GRAUEN ZIKADIER.
ICH KENNE DIE GEGEND. WIR VERBERGEN UNS DORT OBEN UND WARTEN AUF DIE NACHT.
DER PLAN IST SIMPEL. VOM WEHRGANG AUS KOMMEN WIR INS GEMACH DES PRINZENSOHNS, DIE WACHEN TÖTEN WIR.
DANN KÜMMERN WIR UNS UM DAS SCHNECKENHAUS.
UND IHR BEIDEN HÜTET DIE WINDSTÜRMER!
ABER...
KEINE DISKUSSIONEN! ICH BIN DER ANFÜHRER!
46

TCHAK
FZZZ
SPÖ!
UND WENN MING-TUNG DAS SCHNECKENHAUS NICHT HERAUSGIBT?
DU KENNST DEN RUF DER LLIR-KRIEGER... SIE KENNEN KEINE GNADE...
47

SPO'!
GH!..
THUMB!
HIER LANG, IHR ZWEI! DER WEG IST FREI!
ÜBER-TREIB'S NICHT, BULROG!
AAHHhh!!!..
RUDEL, DU HOLST MIT DEINEN MÄNNERN DEN PRINZEN, WIR TREFFEN UNS VOR DER KRYPTA, RASCH!
BRAGON, MIT MIR! BULROG, DU HÄLTST WACHE!
48

?!
WER SEID IHR? WACHEN!!
LOS, SHAN-TUNG!! IHR KOMMT MIT UNS!
UND ZWAR SCHNELL!
AUFHÖREN! IHR TUT MIR WEH!
BERUHIGT EUCH, PRINZ, ICH BIN HIER, UM ZU HELFEN.
?
KOMMT SCHON, BEEILUNG, BRAGON!
BRAGON?
RITTER BRAGON?
VORWÄRTS, SHAN-TUNG!
WOHIN BRINGT IHR MICH? WAS HABT IHR VOR?
EUCH ZU RETTEN.
49

WENN ER DEN DIEBSTAHL DES SCHNECKENHAUSES VEREITELT, WIRD MEHR NÖTIG WERDEN, ALS DEIN BISSCHEN GEGURRE, KRYLL...
KÄME ER NICHT ZURÜCK, WÄRE ES MEINE NIEDERLAGE. MEINE MUTTER WÜRDE NICHT GERÄCHT.
JA, ICH MAG NICHT DARAN DENKEN.
DER RATGEBER DER PURPURNEN FELSEN HAT MIR FÜR UNSERE TROPHÄE EINEN SEHR GROSSZÜGIGEN LOHN VERSPROCHEN.
WARUM WILL ER UNBEDINGT BRAGONS HAUT?
DU KANNST DIR KAUM VORSTELLEN, WAS DAS FÜR DIE HOHEPRIESTERIN BEDEUTET...
PRÄSENTIERT SIE DIE HAUT DES RITTERS WIE EIN BANNER, IST DAS DER BEWEIS IHRER MACHT FÜR IHRE ANHÄNGER UND SCHRECKEN FÜR IHRE GEGNER.
ICH GLAUBE, ER KEHRT ZURÜCK. UND ICH TUE ALLES, UM IHN ZU VERFÜHREN...
DANN LASS UNS DARAUF HOFFEN.
UND VERGISS NICHT, KRYLL... DIE, DIE DIR WIE EINE MUTTER WAR...
... BRAGON HAT SIE GETÖTET.
50

VATER ?!
ICH WILL ES EINFACH MACHEN, PRINZ. IHR ÜBERGEBT UNS DAS SCHNECKENHAUS...
... UND WIR VERSCHWINDEN.
ICH... ICH WEISS, WER EUCH SCHICKT... TRH...
A...ABER NIE...MALS... BEKOMMT IHR DAS SCHNECKENHAUS...
DAS ODER DAS LEBEN EURES SOHNS, ENTSCHEIDET EUCH!!
GIB NICHT NACH, VATER! ICH BRINGE DAS OPFER!
SIE WIRD EUCH AUCH BEZAHLEN, WENN IHR UNS TÖTET... MEINEN SOHN UND MICH...
SO... SO SAGT IHR... SIE UND IHRE SEKTE WERDEN NIEMALS WÜRDIG SEIN, DIES HEILIGTUM ZU BETRETEN...
... ALLEIN »MUTTER BLITZ« GEWÄHRT ZUGANG...
SPRICHT ER VON MAGIE?
GUT...
ES GIBT ZWEI PRÄMIEN, EINE FÜRS SCHNECKENHAUS...
... EINE FÜR EURE KÖPFE!
WENIGSTENS DIE ZWEITE BEKOMMEN WIR.
WOLLEN TROTZDEM SEHEN, WIE DER PRINZ AUF DIE FOLTER SEINES SOHNES REAGIERT.
GUTE IDEE, BITTER.
LASS IHN LEIDEN.
51

SPÖ
BULROG, BESCHÜTZE SHAN-TUNG!!
JA!
SPO!!
SCHNELLIGKEIT... WILDHEIT... JEDER SCHLAG SASS!
ZZZ
DU!
TCHAC!
52

VERFLUCHTER!
LASS IHN MIR!
NEIN!!
SCHLAG!
CRAK!
KOMM NICHT NÄHER!!
ICH ERKENNE MEINE NIEDERLAGE, BRAGON.
ICH WEISS, DU VERACHTEST MICH, DOCH DU BIST KEINEN DEUT BESSER!
WIR SIND BEIDE MÖRDER! SIEH HER...
ADIEU, SHANTUNG!!
53

SHOOF !!
AAAAAAHH
AAAAAAHHH
WAOU!!
SHiiii!!!
VATER?!
DURCHGE-BRATEN...
SHiii..
ICH... BIN STOLZ AUF DICH... SOHN...
DU... WARST BEREIT, FÜR DAS SCHNECKENHAUS ZU STERBEN...
... DU BIST UNSERES GESCHLECHTS WÜRDIG... SHAN-TUNG...
54

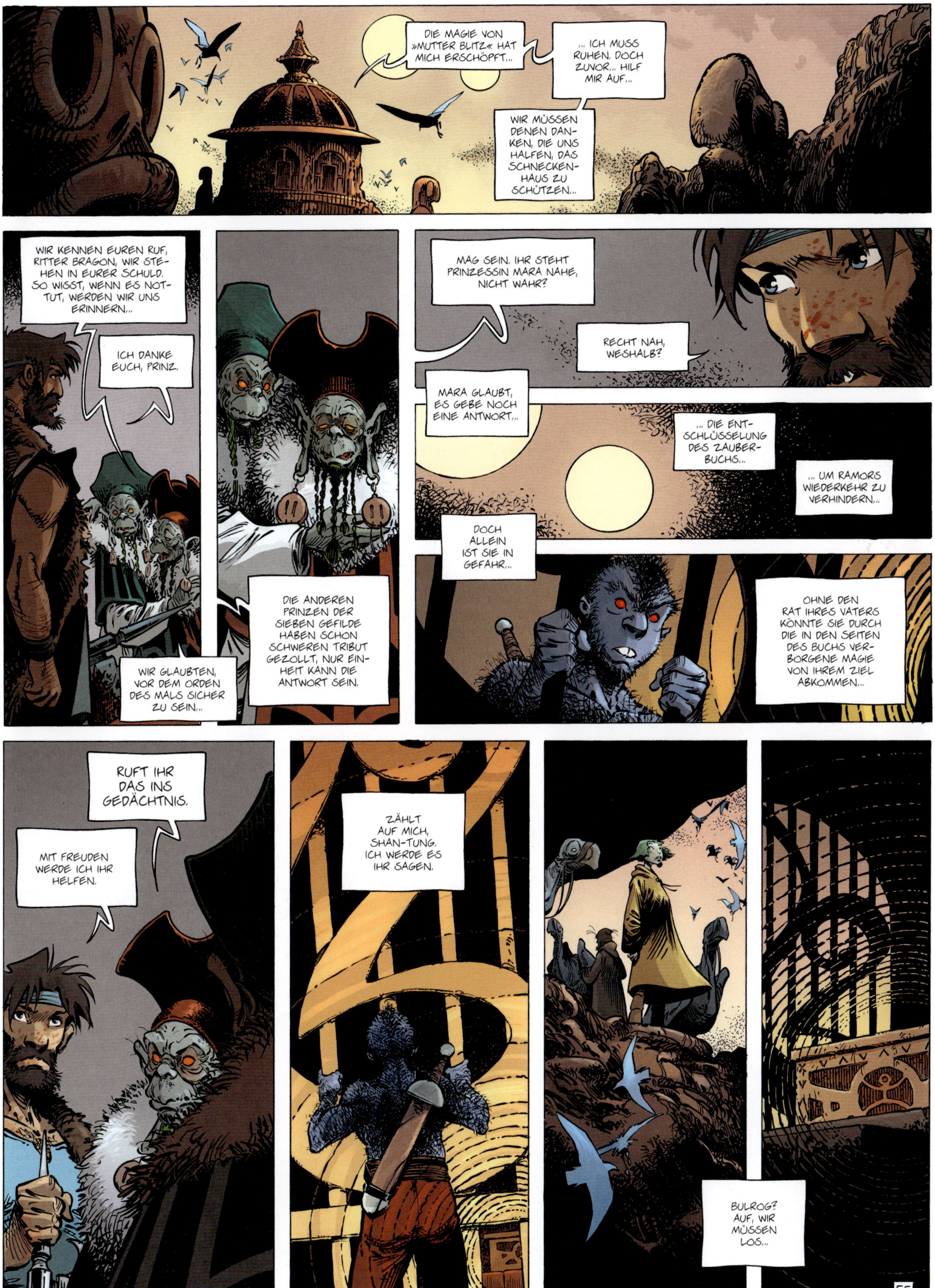
DIE MAGIE VON »MUTTER BLITZ« HAT MICH ERSCHÖPFT...
... ICH MUSS RUHEN. DOCH ZUVOR... HILF MIR AUF...
WIR MÜSSEN DENEN DANKEN, DIE UNS HALFEN, DAS SCHNECKENHAUS ZU SCHÜTZEN...
WIR KENNEN EUREN RUF, RITTER BRAGON. WIR STEHEN IN EURER SCHULD. SO WISST, WENN ES NOTTUT, WERDEN WIR UNS ERINNERN...
ICH DANKE EUCH, PRINZ.
WIR GLAUBTEN, VOR DEM ORDEN DES MALS SICHER ZU SEIN...
DIE ANDEREN PRINZEN DER SIEBEN GEFILDE HABEN SCHON SCHWEREN TRIBUT GEZOLLT. NUR EINHEIT KANN DIE ANTWORT SEIN.
MAG SEIN. IHR STEHT PRINZESSIN MARA NAHE, NICHT WAHR?
RECHT NAH. WESHALB?
MARA GLAUBT, ES GEBE NOCH EINE ANTWORT...
... DIE ENTSCHLÜSSELUNG DES ZAUBERBUCHS...
... UM RAMORS WIEDERKEHR ZU VERHINDERN...
DOCH ALLEIN IST SIE IN GEFAHR...
OHNE DEN RAT IHRES VATERS KÖNNTE SIE DURCH DIE IN DEN SEITEN DES BUCHS VERBORGENE MAGIE VON IHREM ZIEL ABKOMMEN...
RUFT IHR DAS INS GEDÄCHTNIS.
MIT FREUDEN WERDE ICH IHR HELFEN.
ZÄHLT AUF MICH, SHAN-TUNG. ICH WERDE ES IHR SAGEN.
BULROG? AUF, WIR MÜSSEN LOS...
55

DIE WARNUNG MING-TUNGS KLANG NOCH NACH IN BRAGONS GEDANKEN, ALS ER DIE GEFILDE DER DONNERNDEN ERDE WEIT HINTER SICH LIESS...
VOR WELCHER MAGIE SOLLTE MARA SICH HÜTEN?
RASCH MUSSTE ER IN DIE GEFILDE DER NEBELSCHLEIER ZURÜCKKEHREN...
MARA WIEDERSEHEN... SIE WARNEN...
... UND IN DIE ARME NEHMEN.
BULROG, GEH UND HOL HOLZ.
SATTLE DIE WINDSTÜRMER AB, PASSIN. MORGEN ABEND MACHEN WIR HALT IN FURCHBURG.
ICH KOMME MIT DIR, BULROG.
WIE LANGE KENNT IHR EUCH SCHON, DU UND BRAGON?
EWIGKEITEN! SEIT VAGUAMARE, ALS ER IN DEN ARENEN KÄMPFTE...
56

... DANN TRAF ICH IHN NACH SEINER INITIATION BEI GRAUWOLF WIEDER.
ABER AM WICHTIGSTEN WAR, WIE ICH MICH UM IHN GEKÜMMERT HABE, ALS ER SEIN GEDÄCHTNIS VERLOR.
?
DAS GEDÄCHTNIS VERLOREN?
NICHT NUR DAS. DER ORDEN HAT DAS AUSGENUTZT, IHN SICH GESCHNAPPT UND IHN KONTROLLIERT.
ER WUSSTE NICHT, WAS ER TAT. BESTIMMT WAREN SCHRECKLICHE DINGE DABEI... ICH SAH, WIE ER... GETÖTET HAT...
WEN GETÖTET?
DAS KANN ICH NICHT SAGEN.
WIESO STELLST DU MIR ALL DIESE FRAGEN?
?
BEDRÜCKT DICH ETWAS, BRAGON?
57

SLAVON... ICH KANN ES EINFACH NICHT GLAUBEN. ICH WEISS NICHT, WAS ICH TUN WERDE, WENN ICH IHN TREFFE.
BRAGON, ICH HAB GELOGEN.
?
GELOGEN? WIE MEINST DU DAS?
SLAVON HAT NIEMANDEN VERRATEN, DAS WAR PASSINS UND MEIN VORWAND, UM DIR ZU FOLGEN.
?! WIESO HAST DU DAS GETAN?
WEIL DU MEINE ADOPTIVMUTTER GETÖTET HAST.
DAS VERSTEHE ICH NICHT. WEN?
SIE WAR DIENERIN BEI DER HOHEPRIESTERIN DES ORDENS DES MALS.
DU HAST SIE MIT BLOSSEN HÄNDEN GETÖTET. SIE HATTE KEIN GESICHT MEHR...
DAS... HAB ICH GETAN?!
ICH ERINNERE MICH NICHT...
BULROG SAGTE MIR, DU HATTEST DEIN GEDÄCHTNIS VERLOREN. STIMMT DAS?
JA... FURCHTBAR... ICH WEISS GAR NICHTS MEHR... DA IST EIN EINZIGES LOCH, KRYLL... EINE LEERE, DIE MICH SCHRECKT...
ES TUT MIR AUFRICHTIG LEID UM DEINE... MUTTER, KRYLL... WAS...
58

HAT BULROG AUCH GESAGT, DASS ICH UNTER DEM EINFLUSS EINES HEXERS STAND?
ER UND DIE HOHEPRIESTERIN ZWANGEN MICH, DEN PRINZEN DER GEFILDE DER NEBELSCHLEIER ANZUGREIFEN...
NEIN, HAT ER VERSCHWIEGEN.
WIR BRAUCHEN MEHR HOLZ, PFF...
MIT HUMONS TOD VERLOR ICH DAS HERZ SEINER TOCHTER...
DIE PRINZESSIN, VON DER SLAVON SPRACH?
JA... MARA.
DU WOLLTEST MICH WOHL UMBRINGEN, UM DEINE MUTTER ZU RÄCHEN...
JA.
DU HÄTTEST GELEGENHEIT GEHABT...
NICHT AUF MEINE WEISE. DAZU HÄTTEN WIR UNS LIEBEN MÜSSEN.
ACH? UND WELCHE ROLLE SPIELT PASSIN?
ICH BIN EINE MERIDINERIN... ER SOLLTE MICH BENUTZEN, UM DEINE HAUT ZU ERLANGEN, FÜR DIE HOHEPRIESTERIN.
MEINE HAUT?
GEHEN WIR ZU IHM. DU WIRST VERSTEHEN.
BULROG, ICH WERDE EINEN TRADITIONELLEN TRUNK ZUBEREITEN.
ABER TRINKE IHN AUF KEINEN FALL.
?
MACH, WAS SIE SAGT. TU SO, ALS OB.
59

UND, BRAGON, WAS HAST DU JETZT VOR?
WEITER SÜDLICH, IN FURCHBURG, SOLL ES EINEN TEMPEL DER SEKTE GEBEN, DER KINDER ANWIRBT.
SCHMECKT NICHT ÜBEL.
JA, KÖSTLICH. WAS HAST DU DENN FÜR DIESEN GESCHMACK DAZUGEGEBEN, KRYLL?
EIN BESONDERES GEWÜRZ.
SCHMECKT'S DIR AUCH, PASSIN?
WIRKLICH GUT. WAS IST DAS DENN?
DER TRANK, DEN ICH ALS LETZTES MITTEL BRAGON GEBEN SOLLTE, FALLS ICH IHN NICHT VERFÜHREN KÖNNTE.
?
PRFFFFF...
NUN HAST DU IHN ALS EINZIGER GETRUNKEN.
!!!
60

N.. NEIN. KRYLL... WAS HAST DU GETAN?!!
N.. NEIN!!
BEI UNS MERIDINERN SONDERN DIE FRAUEN BEI IHRER ENTJUNGFERUNG EINE SUBSTANZ AB...
... EIN GIFT, DAS IN DEN KÖRPER IHRES ERSTEN LIEBHABERS DRINGT UND FLEISCH UND KNOCHEN ZERSETZT...
N... N...
UH UH...
... BIS NUR NOCH DIE HÜLLE BLEIBT.
DIE HAUT.
DESHALB NENNT MAN UNS »HÄUTERINNEN«.
EINIGE MÄNNER WERDEN AUFGEZOGEN, UM DIE RASSE ZU ERHALTEN, INDEM SIE SICH OPFERN. SCHRECKLICH, ABER SO IST ES.
...
ALS HILFE HABEN UNSERE AHNINNEN EINEN TRANK GEBRAUT, DER ALLE GLIEDER LÄHMT, BIS AUF...
... EINES.
UND DU, PASSIN, WIRST DAS NUN VORFÜHREN.
ICH WERDE DICH AUSZIEHEN...
ANFANGS IST ES ANGENEHM...
DANN...
LASST MICH NUN ALLEIN!
UH... UH...
...
61

AM MORGEN BRACHEN SIE AUF, OHNE SICH UMZUBLICKEN.
ERSTER HALT: FURCHBURG. DER RITTER WOLLTE SLAVON UND DIE ANDEREN FINDEN...
KRYLL WAR NUN BEFREIT UND KANNTE IHRE FEINDIN...
... WÄHREND BULROG NUR AN KOMMENDE RUHMESTATEN DACHTE.
ALLE DREI LIESSEN NUR ARMSELIGE RESTE ZURÜCK.
DIE HAUT EINES ÜBEREIFRIGEN DIENERS DES ORDENS...
... VOM WIND UND DER SONNE AKBARS BALD SPURLOS AUSGELÖSCHT...
... BIS ZUR VERGESSENHEIT.
ENDE DER EPISODE.
LOISEL-LETENDRE
ETIEN